Christopher N. Friedmann

Wortspieler 2

Impressum

Bibliografische Information der Deutschen Nationalbibliothek:
Die Deutsche Nationalbibliothek verzeichnet diese Publikation in der Deutschen Nationalbibliografie; detaillierte bibliografische Daten sind im Internet über http://dnb.dnb.de abrufbar.

Herstellung und Verlag: BoD – Books on Demand, Norderstedt

ISBN: 978-3-7543-9593-6

Weitere Publikationen

Wortspieler - Premium Edition
Gedichte aus Leidenschaft

2. Edition (5. September 2017)
Sprache: Deutsch
Gebundene Ausgabe: 624 Seiten

ISBN-10: 3735723322
ISBN-13: 978-3735723321

Wortspieler - light edition
Gedichte aus Leidenschaft

1. Edition (18. September 2017)
Sprache: Deutsch
Taschenbuch: 496 Seiten

ISBN-10: 374480965X
ISBN-13: 978-3744809658

Inhaltsverzeichnis

Emilie

Zartes Wesen so rein,
innerer Schmerz in Dir,
nicht nach außen hin,
Du täglich gesehen wirst,
Dich keiner wirklich sieht.

Deinen wahren Schein,
schönen Namen Du trägst,
Dein Antlitz wohlauf,
Dein Sein, die Liebe in Dir,
Dein wirkliches Dasein.

Ich mag Dein Lächeln,
Dein Sein, vieles Vergangene,
das Du in Dir trägst, lerne
Dich kennen. Zartes Sein.
Voller Energie Du steckst.

Geheimnisse und viel Pein,
eines Tages die Liebe triffst,
unerwartet und rein, dann,
wenn Du die Augen öffnest,
wahrhaftig lebhaft zu sein.

Schicksals Schleier fortan weht,
wenn Du dazu bereit bist,
mag Dein Lächeln an Dir,

gekonnt und selbstsicher,
nur kein Schausteller bist.

Nach der Frage nach Dir selbst,
Du eines Tages zu lieben beginnst,
das was Du selbst in Dir trägst,
eine vergessene Liebe in Dir,
die reine Liebe, selbst Du bist.

Ich bin, weil Du bist

Täglich miteinander verbunden,
geprägt der Jugend eben,
Musik Verbindung schafft,
Emotionen getragen in uns selbst,
tägliches Ertragen, eines fehlt,
die Wahrheit, die uns bestimmt.

Das Wahre, in uns lebend,
Strauß voller Blumen,
freudig getragen in der Hand,
welch schöner Moment,
in dem Wissen, was welkt,
was wir einst getragen.

Fühle, spüre dich jeden Tag,
es keine körperliche Nähe ist,
vielmehr die Verbundenheit,
die uns getragen scheint,
dem eigentlichen Ziel entgegen,
das wir in uns tragen.

Die Arme reichen weit,
greifen oft in die absolute Leere,
unseres Seins, in Tage vertagen,
dennoch lässt uns das nicht los,
gefangen, getragen, was für uns ist,
ein Teil vom Ganzen, das uns lieb.

Ich sehe uns im Unterfangen nach dem,
was uns selbst lieb an machen Tagen,
die Flügel spannen weit für unsere
Geborgenheit getragen, mehr als lieb,
für eine stetige Bindung, die uns liebt.

Fange dich mit meinen Armen,
dann wenn die Sonne untergeht,
eine Insel auf der du nicht gefangen,
die Freiheit fortan dein Begleiter ist,
atme durch und fühle dich frei.

In allen Belangen, die unser Leben ist,
verbinde uns, spüre deine Umgebung,
Tanz der Belange, die dich führen,
es keiner wirklichen Melodie bedarf,
Musik in uns klingt ein Leben lang.

Dodo

Viel Zeit ist vergangen,
Tränen wurden gelacht,
Erinnerungen entfacht,
zueinander gefunden,
an große Ziele gedacht.

Wortwitz und Herz,
mit Bedacht gewählt,
immer herzlich bereit,
für einen netten Flirt,
Herz am richtigen Fleck.

Mein Freund nun geht,
vieles miteinander vereint,
in meinem Herzen Du lebst,
nie vergessen unsere Zeit,
wahrer Freund Du warst.

Den Künstler Du in mir sahst,
motiviert für große Schritte,
ich nun allein gehen werde,
ohne Dich mein Freund,
mir fehlen wirst jeden Tag.

Vergessen wirst Du nie,
sowie Deine Stiefel jeden Tag,
das Markenzeichen an Dir,
darauf eine richtige Prise,
all das nicht vergessen wird.

Ich danke Dir von Herzen,
die schönen Erinnerungen,
die Tränen vor Lachen,
Momente, die nie vergessen,
ein Teil unseres Lebens waren.

Ich werde Dich weitertragen,
tief in meinem Herzen gewiss,
als Teil von mir, einen Freund,
dem ich vieles zu verdanken,
für immer mein Dodo bist.

Herzensfrucht

Herzensfrucht, eisbedeckt,
Winter in mir, Kristalle bildend,
scharfkantig, glänzend schön,
des Messers Schneide zu nah,
tief verletzen werde, bleib fern.

Kalter Hauch mich umgibt,
Lebenszug, der endend weicht,
Spiegel, mit dem Finger schreibend,
bleib lieber fern, keine Gewähr,
bevor alles zu schmelzen beginnt.

Seite mit Feuergarn bespannt,
Kristalle haben keinen Bestand,
werde die Spitzen fortan lösen,
heißer Glut geschmiedetes Band,
durchtrennen werde diesen Bann.

Blick der Lust

Im Stoffbezug feste vergriffen,
angespannt am ganzen Leibe,
blutdurchströmt in jeder Faser,
Liebestanz der intimen Gefühle,
unaufhaltsam innherrschend.

Lippen feste aneinandergepresst,
zitternder Körper, Lust entdeckt,
Spannung in allen Gliedern fortan,
reizvolles Unterfangen ergeben,
besonderen Moment hingebend.

Leidenschaft entfacht fortan,
Emotionen prallen als Wellen,
einer steilen Küste entlang,
Brustknospen feste und stramm,
richtungsweisend, lüstern schön.

Unaufhaltsam durch die Gischt,
Sturm leidenschaftlich entgegen,
feucht und nass am ganzen Leibe,
Kleid der Leidenschaft, das du trägst,
Entspannung pur, schöner Moment.

Aussichtslos

Bade in salzenden Tränen,
verliere meinen Verstand,
sitze in einer völligen Leere,
nichts macht mehr Sinn,
weite Leere übermannt,
mein ganzes Gemüt.

Habe dich letztendlich,
verloren auf meiner Reise,
nun kein Teil mehr von mir,
unsere Seelen, die geboren,
füreinander bestimmt,
getrennt für immer fortan.

Habe den Kampf verloren,
zu schwach das Gute in dir,
wir es gemeinsam tragen,
kein Hindernis war zu schwer,
gemeinsam waren wir stark,
kindlich und albern zugleich.

Werde dich fortan in mir tragen,
als tiefen Schmerz gezeichnet,
Narben in der Zukunft tragend,
es dafür keine Heilung mehr gibt,
meine Liebe für andere versiegt,
Lebensglück mir nicht mehr Teil.

Rosalie

Bezauberndes Antlitz,
strahlendes Lächeln,
Poesie inne tragend,
Elegant sich bewegend,
neue Gefilde im Herzen,
angetan schöner Worte.

Anschmiegsam bindend,
leuchtend schöne Augen,
verborgen die Liebe trägt,
verzaubernd tief gefangen,
gezeichnet eines Gemäldes,
schillernde, frohe Farben.

Fliegend tiefe Gedanken,
schöner Moment gefangen,
inspirierend für den Moment,
von zarter Hand getragen,
bleibend schön im Jetzt,
fortan im Herzen getragen.

Anikosia

Weine nur nicht der Freude,
nah du mir von Anfang bist,
sehne mich nach der Nähe,
Herzen, feurig lieb angefacht,
Begegnung zweier Stärken,
sensibel, merkbar schön,
Tage vergehen, Flocken wehen,
sehe ins klare Himmelszelt.

Sterne leuchtend klar und rein,
Lichter innerer Flammen,
Begegnung handzahm rein,
schwelge bei dem Gedanken,
in deinem Herzen zu sein,
begleitend, ehrlich und rein,
Begegnung voller Schrein.

Die innere Furcht inne hält,
ohne Schutz als Nachtgestalt,
gerüstet nur mit einem Herzen,
groß und rein, offen getragen,
weder Fassade und noch Boden,
innerlich gefangen in mir,
der Befreiung nah und fern.

Atme jeden Gedanken auf,
das Leben Schönheit zeigt,
beflügelt sanftes Gemüt,
Stärke nach außen tragend,

Begegnung deiner Seele,
offen, fröhlich empfangen,
Schleier dich umhüllt.

Sehe dein wohliges Gemüt,
versteckt hinter allen Fassaden,
herzliche Augen direkt gefangen,
will deine Sonne sein und Wind,
liebliches, direktes Unterfangen,
getrieben durch uns selbst,
spüre dein Wesen Tag und Nacht.

Streiflicht

Lichter im Blick,
Gewand getragen,
sehe deine Pracht,
nach außen getragen,
spüre dein Wesen,
tief schlummernd,
hinter deinen Augen,
bei deinem Herzen,
zum Greifen nah.

Lippen wohl geformt,
herzliches Lachen,
schützend entfacht,
schön unaufhaltsam,
dem Sinnlichen hin,
schönes Unterfangen,
unbändig einladend,
Fantasie spielt verrückt,
kurzer Moment, wie schön.

Drachenkleid

Gespannter Bogen eines Amors,
zielstrebend mit scharfer Spitze,
doch trage ich einen dicken Panzer,
Schuppenkleid eines Drachen gleich,
keine Stelle ist am Körper frei,
nichts durchdringt das starke Kleid.

Unentwegt lodernde innere Feuer,
Rest der Flammen, die einst brannten,
Feuergefecht emotionaler Tyrannen,
im Zwiespalt der starken Gestalten,
auf Augenhöhe mit einem Spiegel,
nicht das eigene Antlitz anzeigend.

Brechende Spitzen Amors Pfeile,
zerschellend am Drachenkleid,
Schuppenpanzer geschmiedet,
deren Natur in Feuer geboren,
sich keiner Liaison hingebend,
zu wertvoll sein Fabelwesen ist.

Aufgelegt

Jeden Tag zu erleben, auf Lava zu laufen den Vulkan um mich herum, gefangen auf einer Insel. Die Paradiesfrucht gekostet, lieblicher Geschmack. Verzehrend was mir fremd, der Griff nach der verbotenen Frucht. Deren Hirten nur Bauern sind auf dem Spielfeld, für die nur schwarz und weiß existiert, wobei genau genommen das keine Farben sind.

Ich mich fühle wie ein schwimmender Paradiesvogel, dessen Gefieder mit Asche beregnet, den Radius deutlich macht, niemals in Freiheit zu fliegen... kein Phönix der aus der Asche aufsteigt, viel mehr ein Bewusstsein, dass der Freiheit thront, ohne ein König zu sein.

Ein Troll der den Feen begegnet und fliegen möchte. Nur trage ich keinen Zauberstaub, nur ein intaktes Herz das mich am Leben hält...

Die Worte die ich schreibe stets mit einem Damoklesschwert über mir kreisend, mit Bedacht eines Tages die Klinge zu spüren, die butterweich durch meinen Körper gleitet.

Den letzten Atemzug nimmt und seinen Tribut fordert. Dennoch lebe ich, scheinbar unverwüstlich als Fels im Treibsand deren Intuition an Gewicht gibt, sich eines Tages zu sich selbst sagen zu können, dieser Stich war es mir Wert. Dafür habe ich gelebt und das erlebt, was andere nur in geschriebenen Worten wahrnehmen, ohne jemals mit dem Privileg ausgestattet zu sein, wahrhaftig zu fühlen. Ich spüre, also bin ich... leibhaftig ohne doppelten Boden.

Das was ich tatsächlich begehre ist nicht in Hüllen zu fassen, nichts berührt mehr als der Geist. Treffen wir damit unser Innerstes, blank und ohne Facetten.

Alles andere sind nur spielerische Nuancen, einem Maskenball gleich. Ich fühle bedingungslos, alles was die Person ausmacht die ich begehre. Das Schauspiel der Einfachheit ist immer wieder ein Mysterium, dessen Gleichgewicht nicht im Einklang mit deren ist, worauf es ankommt. Aber genug der Worte.... sonst wachsen mir Flügel, deren Größe nicht absehbar wäre, nur im Glanze dessen, was Menschen verstehen wollen.

Erschreckend

Erschreckend offen,
alles fällt von dannen,
Tiefen des Seelenblicks,
Blick hat es begonnen,
fesselnd, hilflos schön,
Hände sind gebunden,
Funken aus dem Nichts,
entfacht zum Lodern,
interessantes Unterfangen,
kann dich wirklich sehen,
in der Zelle, in der du sitzt,
ziehe den Schleier fort,
nichts bleibt unentdeckt,
alles ist real und echt,
erschreckend schön.

Zungenspiel

Der Fahrschein zum Herzen,
begleitend zum Inneren führt,
wohliges Gemüt am Blühen,
Blick zum Herzen gerichtet,
augenzwinkernd lächelnd,
sind wohlauf und verzückt,
Augenblick so viel an Gewicht.

Federführend an Deinem Antlitz,
fahre ich an den Wangen entlang,
Blicke tief in Dein herziges Gemüt,
es wird warm ums pochende Herz
wunderschöner tiefer Augenblick,
Seelenblick aufeinander gestimmt,
mit kindlichem Lächeln geschmückt.

Innerlich tanzend als mutiges Debüt,
Zungenspiel als körperlicher Dialog,
angefacht und fortan lodernd,
fröhlich und lachend unaufhörlich,
spürender Akt, bei dem die Zeit steht,
einen Moment lang Glückseligkeit,
Herz massierender Moment der bleibt.

Dahingleiten

Hoch aufgestiegen,
den Himmel gesehen,
über Wolken schwebend,
das Antlitz der Sonne,
strahlend im Gesicht.

Alles so frei um uns,
mit Leichtigkeit,
getragen der Winde,
uns Auftrieb gebend,
für einen Moment.

Genieße den Augenblick,
Sonnenblick so schön,
nicht für ewig hält,
gleite langsam herab,
durch das Wolkenbild.

Die Sonne schwindet,
verliert an Wärme,
trübt die ferne Sicht,
gleite fortan herab,
dem Boden entgegen.

Dem Herbst entgegen,
Wärme fällt unentwegt,
alles wird kalt um mich,
spüre nichts mehr,
alles kalt und trüb.

Pirouetten

Tanze in die Freiheit,
beginne mich zu drehen,
wild und unabhängig,
Rhythmus in jeder Faser,
Emotionen sind frei,
losgelöst und beständig.

Drehe mich fortan im Kreis,
Richtungen stehen offen,
nutze den lieblichen Schwung,
Umgebung verschwimmt,
fühlt sich alles so befreit,
nur noch der Gedanke zählt.

Tanze bis in die Nacht,
mein Weg sich offenbart,
zu lange schon im Trüb,
Peitschenschlag bewegt,
drehe mich schneller,
der Moment bewegt.

Kein Sturm und Regen,
kreuzen meine Wege,
hält mich noch im Zaum,
wilder Hengst in mir,
voller Kräfte strotzend,
kein Gehege das mich hält.

Tanze auf meinen Wegen,
mich der Aufwind treibt,
werde nicht schweben,
stolz mit beiden Beinen,
im Leben feste stehend,
von allen Ängsten befreit.

Brunnenfreunde

Feste aus Stein platziert,
geziert mit vielen Blumen,
köstliche Hopfenkunst,
schwimmend lagernd,
Bekannte und Freunde,
ein friedliches Gelage,
herrliche Sommerzeit.

Ein kühles Nass haltend,
die Sonne strahlt herab,
Lächeln ziert die Gäste,
lustige Geschichten erzählt,
neue werden geschrieben,
eben ein Brunnenleben,
wie es manch einer kennt.

Freunde von nah und fern,
viele kennen ihn bereits,
der Brunnen der feste steht,
„Watschinger“ der nie fehlt,
freudig am Brunnen steht,
wer das einmal gesehen,
der hat München erlebt.

Trüber Diamant

Facettenreich dein Gebilde,
funkelnd von weitem zu sehen,
flache Flächen viele Kanten,
stabil im eigenen Gefüge,
gerne in der Gesellschaft,
wohlauf schön anzusehen.

Der Glanz sich arg verliert,
der Blick in die Tiefe geht,
trüb und matt es erscheint,
undurchsichtig ungereimt,
schwer zu erkennen du bist,
falscher Schein der glänzt.

Lichterspiel die Farben verliert,
Regenbogenfarben tragend,
immer mehr verschwimmend,
keine ist mehr deutlich zu sehen,
schwindender trüber Farbentanz,
einst so stolz an sich getragen.

Schimmernd nach außen hin,
gebrochenes Licht alleine ist,
zu trübselig das Unterfangen,
zu tief sitzt das trübe Matt,
über alle Flächen hinweg,
Funkeln allmählich erlischt.

Vermisst

Greife ins Leere,
fehlende Nähe,
eigene Wärme,
alles was es ist.

Jetzt inne tragend,
niemanden geteilt,
kalte starre Blicke,
interessanter sind.

Fügend der Zeit,
fortan tief tragend,
als Modeschmuck,
Funkeln nicht echt.

Hoffnung vergangen,
kaltes Herz schlagend,
Blicke trüben sich,
Seele darin verfangen.

Herz spielend allein,
feines Netzgespann,
an Fäden gehangen,
sich bald lösen wird.

Schattengammler

Sonnenstrahlen umwogen die Körper,
fesseln sie in ihrem wärmenden Bann,
umgarnen sie von ganz weit oben,
bis hin den grasigen Boden entlang.

Sonnenstrahlen als Peitschenhiebe,
treffend am Rücken und im Gesicht,
flammende Sonnenstrahlen,
kein Winkel bleibt unentdeckt.

Heißes Unterfangen, völlig frei,
verbrennend schön, unentwegt,
auf Dauer Brandblasen fangend,
wenn im Spiel zu lange gereizt wird.

Fortan sitzend im schützenden Schatten,
die Sonnenstrahlen nun selbst gefangen,
im Blätterdickicht eines dicken Stamms,
keine feuernden Hiebe mehr ab dann.

Im Schatten fröhlich, kühl gammelnd,
keinen Sonnenstrahlen mehr ausgesetzt,
genießend des heißen Sommers,
gestreichelt von einer windigen Prise.

Lebenssaft

Strauß Blumen in der Hand,
stehend im Wolkendickicht,
Dornen in der ballenden Hand,
etwas Blut rinnt entlang,
Lebenssaft der Liebe willen.

Zeit vergeht unaufhaltsam,
Dornen feste in der Hand,
der Strauß ist farbenprächtig,
wunderschön anzusehen,
vergessen lässt den Schmerz.

Nur ein Dorn, der sticht,
der Preis der Schönheit,
beständiger Begleiter,
das Rinnen weiter geht,
der letzte Tropfen fließt.

Liebe dich selbst

Inspirationen und Faszination treffen sich auf geistiger Ebene, gereizt durch das intensive Verlangen dem Zeitlosem gegenüber. Mir gefällt nicht, was ich im Spiegel betrachte, eine falsche Hülle, die mich umgibt. Sind doch meine Gedanken so einzigartig und glänzen im Sinnesmeer der Emotionen. Tragische Kontinuität im Alltagsgrau, dessen Anblick keinen Hauch von Schimmer durchblicken lässt. Spüre die farblose Gestalt, wie sie sich spiegelt, erblicke diesen Schmaus jeden Tag. Dennoch trage ich eine unbändige Wärme in mir, deren Willen immer wieder nach außen dringt.

Schenke Wärme und Vertrauen, liebe aufrichtig, auch wenn ich derzeit nicht viel mehr als ein kleiner Cyrano bin. Nur die lange Nase dazu fehlt, der Makel im Gesicht, oder spiegelt das nur die Metapher, die im Gesichte steht. Zumindest stand das mal in einer Geschichte erzählt. Die Grundlage liegt schon ein paar Jahre zurück, dennoch angetan der bekannten Liebesbriefe des Bergerac. Ich spiele gerne mit ihr, der Metapher, und noch mehr. Was auch sonst, will man mir etwas Gutes tun, solltest mir für einen Augenblick tief in die Augen sehen. Werde in dir nach vorne gehen, dich im Innersten berühren. Die Hülle an sich ist nur ein Kleidungsstück, das an Glanz und Farbe verliert. Konzentriert wird sich fortan auf das, was man bereits in allen Zügen liebt und lebt.

Die warme Hand, der messerscharfe Verstand, die Blumen, die leuchtend im Zimmer stehen. Der anschmiegende Körper, der ganz nahe liegt, der Geruch am Nacken, wenn am Morgen die Sonne aufgeht. Im Dösen der Griff ganz verliebt noch einmal die Hand des Liebsten greift. Sich noch einmal gemeinsam in die Decke zusammen eingedreht. Ein freudiger Seufzer und leicht gedrückt, die nächste Runde der Anschmiegsamkeit beginnt. Ein armer Mensch man ist, wenn man nie den Genuss erlebt, dass das Miteinander eine der schönsten Formen füreinander ist. Belebt durch den Frühlingswind, der durch das Auge des Geistes streift, lebe ich mit dir, wir mit uns zusammen harmonisch und schön.

Flügel

Blicke ins Leere, die Seele verstummt,
greife ins Kissen, trage die Schwere,
die unendliche Leere die mich fängt,
verliere den schönen Horizont in mir,
auf den Weiten des Meeres entlang,
als Treibgut mit den Wellen fortan.

Kein Land in der Ferne zu sehen,
Blicke wandern kreisend umher,
keine Richtung ist feste bestimmt,
es keinen Kompass mehr bedarf,
Strecke die Flügel weit von mir,
richte mich auf, für neue Gefilde.

Von oben alles leichter zu sehen,
unbedeutend und klein scheinbar,
fast bedeutungslos erscheint,
zu lange um eine Insel geweint,
doch kein fester Halt wie gemeint,
vollends im tiefen Leid getränkt.

Die Kraft des Willens

Das harte Eisen liegt in den Regalen,
griffbereit, die Muskeln zu drangsalieren,
die Grenzen tatkräftig zu überwinden,
deren Festigkeit nur im Geiste besteht,
fortan wird der Focus gezielt gesetzt,
alle geistigen Grenzen zu überwinden.

Das harte Eisen, an der Stange gereiht,
wartend darauf, in die Höhe zu fliegen,
das pochende Blut, fließt in Strömen,
unaufhaltsam in die kräftigen Arme,
die harte Stange feste in den Händen,
der Stoß lässt nicht lange auf sich warten.

Der Wille lässt die Muskeln sich feste ballen,
Gebilde zeigen sich bei jedem Atemzug,
drücken die Lebensadern prall nach außen,
die Muskelstimulierung ist klar anvisiert,
gar das Ziel, durch die Kraft des Willens,
seinem eigentlichen Ziel näher zu sein.

Der Künstler

Die Metamorphose ist im vollen Gange,
die Pinsel sind bereits zurechtgelegt,
Acrylfarben frisch aus der Tube gedrückt,
bereit für das Farbenspiel der Seele,
innere Werte als Emotion gestrichen,
festgehalten, farbenfroh für die Ewigkeit.

Bereits viele graue Tage bitter verlebt,
die Flucht aus dem Alltag, vor sich selbst,
auf der spielerischen Suche nach Anerkennung,
völlig den Blick für sich dabei verlierend,
was wirklich in deiner Persönlichkeit steckt,
nicht das Spiegelbild, die wahre Größe zeigt.

Den Weg den du nun fliegst, Schmetterling,
zu lange warst du in dir selbst gefangen,
hast im Dunklen gebannt als Raupe gelebt,
völlig vergessen was alles in dir steckt,
talentierter Künstler, auf bunten Pfaden,
begeisterst mich, auf deinem neuen Weg.

Die neue Perspektive die du nun erblickst,
aus der Luft heraus, alles so winzig ist,
unbedeutend und klein, im Fluge gesehen,
Inspiration die du nun als Aufgabe hast,
dein Lächeln wieder aus dem Herzen ist,
deine Pein, die dich nun verlassen hat.

Ich wünsche mir das du weit hinaus fliegst,
dir die wundervolle Welt zu Füßen liegt,
der Auftrieb dich weiter fortan begleitet,
du mühelos durch die Wolken ziehst,
gleitend mit viel Glück in deinem Gemüt,
freue mich auf den nächsten Pinselstrich.

Nachtfalke

Die Sinne sind geschärft,
die Leidenschaft verblasst,
Nuancen werden klarer,
samte Gedankenstreich,
verlorene intakte Seele,
spüre keine Leidenschaft,
Gedanken verlieren sich,
versiegen innerlich.

Grauer Blick in den Augen,
das Feuer in mir erlöscht,
labend an der Zweisamkeit,
das routinierte Miteinander,
es funktioniert wunderbar,
keine Leidenschaft inne trägt,
Begierde in den Büchern erlebt,
die so gewichtig erscheint.

Angst davor alleine zu sein,
das Licht allmählich erlischt,
der weite Blick sich verliert,
der Horizont verschwindet,
Meeresrauschen verstummt,
genießen was man jetzt erlebt,
nicht selbstverständlich ist,
die traute Umgebung lebt.

Raumgleiter

Blicke schweifen durch die Nacht,
der Sternenhimmel ist völlig klar,
keine Nachtschleier zu sehen,
Gemüt voller Gedanken bepackt,
auf der Suche im Himmelszelt,
der Lösung für alles, einem selbst.

Nehme sanft meine rechte Hand,
drücke die Finger leicht zusammen,
fange einen hellen Stern für mich,
schönes harmonisches Funkeln,
sternenklar ist die schwarze Nacht,
trag den Schleier selbst an mir.

Gleite mit meinen Gedanken umher,
bis in die Tiefen der klaren Nacht,
endlose Reise mit einem Stern,
der blütenrein in meiner Hand liegt,
greifbar nah dieser schöne Moment,
auch wenn der Stern einmal verglüht.

Schönheit in der Nacht, funkelnd weiß,
Wegweiser durch das dunkle Kalt,
gleite durch Raum und Zeit und bleibe,
bewege mich nicht von der Stelle,
meine Gedanken sind so herrlich frei,
ein Moment, indem ich völlig alleine bin.

Der Anker

Das Segelschiff steht vor der Bucht,
der Anker schwer, schwimmt umher,
die Wellen schaukeln einen hin und her,
eine leichte Prise des Landes schwebt,
unentwegt einem frisch ins Gesicht,
die Gischt prescht gegen die Ufer,
spritzt das Meereswasser in die Luft.

Das Ufer ist wunderschön im Blick,
träume vom festen Halt, nach der See,
alles scheint so greifbar nahe vor mir,
fast als wäre es nur noch ein Schritt,
wenn der Anker sicher zum Boden fällt,
fest sich setzt, auf den Meeresgrund,
das Segelschiff sicher an der Stelle steht.

Scheinbar nur noch einen Sprung entfernt,
der Strand, die Schönheit, die so greifbar nah,
alles im herrlichen Sonnenschein erscheint,
nichts das im Moment diesen Blick trübt,
liegt wohl an dem hell scheinenden Licht,
das direkt in die Augen des Betrachters trifft,
alles geblendet, fehlt der wahrhaftige Blick?

Viele Stürme überwunden, auf hoher See,
kalte und regnerische Nächte überwunden,
feste geklammert, am modrigen Mast,
wütende Stürme überlebt, kalte Gischt,
dabei habe ich eine schöne Bucht gefunden,

vielleicht ein fester Hafen auf lange Zeit,
die lange Reise, wohl endlich ein Ende findet.

Sieben...

Denke unentwegt an dich,
genieße jeden Augenblick,
spüre deine zarte Haut,
dein Lächeln im Gesicht,
jeder Augenblick mit dir,
bleibt für die Ewigkeit.

Nehme dich an die Hand,
flüstere dir in dein Ohr,
mach dir keine Sorgen,
stehe schützend hinter dir,
als Fels in der Brandung,
als wichtiger Teil von dir.

Unsere Liebe, die stetig wächst,
jeden Tag davon etwas mehr,
viele Kapitel, die wir schreiben,
wundervoll miteinander bestreiten,
unsere Geschichte schreiben,
noch lange kein Ende in Sicht.

Liebe unsere Verbundenheit,
unser gemeinsames Leben,
wie hoch die Hürden auch sind,
nichts bleibt im Wege stehen,
gemeinsam sind wir stark,
voller Liebe und Willen bepackt.

Will ohne dich nicht schlafen gehen,
nimm mich nochmal bei der Hand,
zusammen warm eingedreht,
ein letzter Blick dir zugewandt,
bevor wir beide schlafen gehen,
zu wissen, dass man nicht alleine ist.

Nehme dich jeden Tag in den Arm,
spüre dein Herz an meiner Brust,
das behutsam und ruhig klopft,
voller Zufriedenheit und Glück,
umgarnt mit stärkender Leidenschaft,
die tief empfundene Liebe in uns.

Streiche dir hauchzart ins Gesicht,
schützende Hände, Wärme gebend,
Sicherheit und Vertrautheit tragend,
dein fester, dich liebender Halt,
halte dich dein Leben lang fest,
werde immer an deiner Seite sein.

Herz aus Stein

Kalter Wind, der um mich weht,
der Atem tief und schwer,
emotionales Feuerwerk in mir,
jeder Atemzug eine Nebelwand,
die Kälte in mich dringen wird.

Zug um Zug es fortan kälter wird,
bis tief zum warmen Herzenspunkt,
das Atmen fällt mir schwer fortan,
kalter Hauch mich einnimmt,
alles in mir zu versteinern beginnt.

Trage bald gar keine Wärme mehr,
der Seelenbogen ist streng gespannt,
in eiserne Kälte fesselnd gebannt,
trage rüstend die Herzenssplitter,
als schützende Rüstung fortan.

Der Dolch, der mich durchdrang,
mit eiserner Klinge in der Hand,
hinterlistig in den Rücken gelangt,
den Körper schmerzlich durchstach,
doch ist keine Fleischwunde zu sehen.

Nicht auflegen...

Viel an Zeit vergangen,
liebliches Unterfangen,
Vertrautheit aller Belange,
spüre deine warmen Hände,
bin frei, bei dir zu sein.

Sehe in deine Augen,
fühle mich darin gefangen,
der unentwegte Blick,
der tief in unsere Seelen,
das letzte Geheimnis pickt.

Spüre deinen Atem,
schön klingende Stimme,
Worte fesseln im Banne,
hingebungsvoll tragend,
lieblicher Tanz, Gesang.

Wärmen unsere Körper,
ineinander verschlungen,
gemeinsam gefangen,
synergetisch empfangen,
zärtliches Unterfangen.

Geben uns fortan Liebe,
stetig treibende Kraft,
alle Hürden nehmend,
den langen Weg entlang,
alles wird erklommen.

Stehe mit dir zusammen,
kraftvoll auf dem Boden,
bis wir miteinander fliegen,
uns die Gedanken tragen,
unser Leben ist schön.

Blutstrudel

Klaffende Wunde,
innerlich verblutend,
Einsamkeit wütend,
kann nichts fühlen,
alles schwindet,
lass die Liebe sein.

Wie sie ist, mit Worten,
deren Taten nicht wahr,
Einklang schwindend,
alles sitzt so tief in mir,
bedeutungslose Frucht,
trauriges Weideland.

Reiter ohne festen Sitz,
Scheuklappen tragend,
zielgerichtet entlang,
Herzblut heiß und warm,
Vollblüter darauf sitzend,
Arme schwach, vernarbt.

Reines Blühen

Sterbende Blumen aneinander,
voller Farbenpracht gebunden,
den letzten Hauch innentragend,
Farben kräftig, saftig schön,
majestätisch, wohlig anzusehen,
für den Augenblick, der innehält.

Verlockend im vollen Antlitz,
entfacht in alle Himmelsrichtungen,
farbenfroh, in Schönheit labend,
die Gedanken des Anblicks tragend,
Blatt für Blatt, die entfaltet sind,
welk sein, nur ein entfernter Gedanke.

Funkeln im Auge, für die Sicht,
alles eingefangen, dieser Augenblick,
es keiner Worte bedarf für die Zeit,
Erinnerungen schürt und schmückt,
sterbende Schönheiten, gebunden,
erhellen und erfreuen den Moment.

Geziert und impulsiv gestellt,
im Mittelpunk, stehend für die Zeit,
allesamt, ein letztes Blühen wirkt,
graziös, edel und wirkungsvoll,
letzte Tage des Blühens erwirkt,
im Sinne vermerkt, schöner Moment.

In der Erinnerung fortan lebend,
wohlauf, in feinster Farbentracht,
der Duft noch immer umherkreisend,
feinste Blumen, Atem des Lieblichen,
wohliges Schmunzeln im Gesicht reizt,
geschaffen durch sterbende Blumen.

Das Blühen jedoch im Herzen weiterlebt,
gepackt und gehüllt in der Faszination,
die Verbindung steht für die Ewigkeit,
lockendes Blühen, wonnige Schönheit,
Anreiz fortwährend, innehaltend,
genießend, bis das reine Blühen geht.

Seitenblicke

Die Zeit rinnt entlang,
die Blicke wandern,
digitale schöne Welt,
eigener Knecht,
die Sinne unentwegt,
alles wohl harmlos ist,
die Gedanken real.

Das Kino in mir,
Hauptrolle gewinnt,
mehr als Loge zuteil,
es fortan besteht,
schwierig es ist,
die Planken zuzulassen,
nur ein massives Brett.

Gefangener meiner Selbst,
nur ein Spielchen ist,
der Einsatz unentwegt,
die Familie intensiv lebt,
Statist ich vollends bin,
macht das Sinn,
schöne fremde Welt.

Dennoch sticht es,
der Gedanke mich quält,
ein Teil von mir bricht,
immer erneut das Spiel,
alles ist legitim,

dem Kindeswohl,
was auch sonst,
im realen Geschehen.

Schlaflos

Das Licht ist aus,
im Kopf ist es hell,
heller als mir lieb,
Gedanken aktiv,
Schatten in mir,
Schlaf raubend,
der Morgen naht.

Helden Mond,
der Finsternis,
alles inszeniert,
Theaterstück,
die Bühne steht,
Akteure gesucht,
der Spot ist an.

Fortan liegender,
Gedankengang,
befreit losgelöst,
Liebkosungen,
keiner Berührung,
umherschweifend,
nah genug ab jetzt.

Sternenhimmel,
verdeckt gelegt,
gehüllt die Nacht,
Gedanken wach,
eigene Sterne,

inne tragend,
funkelnd schön.

Wolkenschleier,
der Funken Dieb,
leuchtender Schein,
ins Innere blickt,
strahlender Tag,
nach außen dringt,
schon sehr bald.

Licht erscheint,
strahlend schön,
im vollen Glanz,
Seele spiegelnd,
nach außen hin,
Schleier schwindet,
über alles hinweg.

Zauberblick

Leichtes Zittern am Körper,
der Duft liegt noch in der Luft,
Pheromone überall verteilt,
anschmiegend wollüstig schön,
der Hingabe und Aufrichtigkeit,
gedämmtes Licht scheint,
nur leicht durch den Raum.

Blick der Seelen füreinander,
lustvoll und innig fordernd,
berührend für den Moment,
über alle Ebenen hinweg,
berührend ohne sich zu fassen,
streichzart wohlig auf der Haut,
erneut der Blick in die Zeit.

Stehengeblieben für den Blick,
gefesselt und lieb gefangen,
im Dunklen der braunen Iris,
in den liebevollen Honigtopf,
verführerischer Sog begonnen,
im Treibsand der Romanze,
bis zum Kopfe feste steckt.

Noch sind die Gedanken frei,
fliegen umso schöner in der Zeit,
die scheinbar im Fluge vergeht,
intensives Intervall an Emotion,
mehr als eine Faszination,

daran labend, intensiv und frei,
des Lebens nötige Elixier.

Geruch liegt noch in der Luft,
die Wangen gesund und rot,
Entspannung macht sich breit,
über den ganzen Körper verteilt,
es ist die spürbare Freiheit,
die man am Besten zu zweit,
miteinander würdevoll teilt.

Erneut ein intensiver Blick,
keiner weiteren Worte bedarf,
es ist das reizende Geschick,
sich der Hingabe zu offenbaren,
verletzlich und bestimmend,
fordernd gebend, federleicht,
für diesen Zauber im Blick.

Geschultert

Prickelnd in Gedanken zu erfahren,
die Last auf dem Herzen tragend,
geschultert in die Zukunft getragen,
Worte der Liebe fehl am Platze sind,
sie ergeben auch keinen wahren Sinn,
wenn man sich selbst nicht lieben kann.

Genussmoment, der nichts ändern wird,
wahrliche Entscheidung, im Raume steht,
ist das ein Leben, das man führen will,
eingespannt in einem Garn, das zeigt,
wie schön es ist das funkelnde Kleid,
das man leidenschaftlich inne trägt.

Vielleicht ist es einfach nur etwas Zeit,
die vergehen muss, bereit zu sein,
wenn der gekürte, seltene Moment,
im Raume der Menschlichkeit steht,
wildes Unterfangen der Zweisamkeit,
dicker Strick, der sich um einen legt.

Oder ist es nur verschwendete Zeit,
die man so intensiv in eine Schale legt,
deren Gegengewicht unsichtbar ist,
deren wahrlichen Preis man nicht kennt,
nicht zu wissen, ob eine Chance besteht,
es nicht zu versuchen, ist kein Weg.

Möchte mit jedem Gedanken daran glauben,
es in jeder Faser meines Seins erspüren,
wahrhaftig wissen, wo meine Heimat ist,
die vertrauensvoll und innen berührend,
in der Zukunft meiner Liebe feststeht,
meine Reise ein glückliches Ende findet.

Zwillinge

Kein Augenblick vergeht,
indem du nicht unentwegt,
mein Dasein bestimmst,
meine Gedanken fortan,
ständig bemüht sind,
dich wahrlich zu finden,
entdecken meiner Selbst.

Bedeutungslos alles ist,
scheinbar für den Moment,
die Liebe die unentwegt,
zum Blühen beginnt,
einfacher es ständig ist,
sich zu verstecken,
in sich selbst fortan.

Niemand der dich sieht,
gar richtig entdeckt,
gewohnt einsam ist,
leicht zu kontrollieren,
man es richtig vermag,
das gewohnte man mag,
niemand nahe erscheint.

Kümmerling der Nacht,
Gefühle brav versteckt,
niemand dich entdeckt,
ein genialer Schachzug,
fortan dein Leben prägt,

das was du gerne willst,
dein Weg das du lebst.

Ich schließe damit ab,
zu viel ist passiert,
gedachte Werte es sind,
die kein Gewicht fortan,
für die Ewigkeit bestimmt,
alles Schein und Rauch,
schade der Moment.

Für die Ewigkeit bestimmt,
sich scheinbar löst,
was ist nur wirklich passiert,
was ist der wahrliche Grund,
das alles was man erlebt,
aus den festen Fugen gerät.

Alles nur ein reizvolles Spiel,
Grenzen intensiv erfahren,
ein nettes Zusammenspiel,
vergessen und erfahren,
der Moment so wundervoll,
der Liebe nicht zugewiesen,
ins Vergessen geraten.

Ein tiefer Schlag ins Gemächt,
ein wahres Gefühl bereit,
als hätte ich es geahnt,
verblendet von der Realität,
Zugzwang fürs Gemüt,

der Realität selten fern,
nicht unversehrt bleibt.

Ziehe von dannen,
edelmütig und fein,
es war mehr als fein,
nicht zwingen kann,
das Glück vor dir,
zu verstehen gilt,
du nicht begreifst.

Finger gereicht

Die Sinne geschärft,
Zeit alleine genutzt,
das alles was hinweg,
die Sinne geraubt,
klarer gesehen wird,
es ist an der Zeit.

Die Segel zu streichen,
mit dem letzten Wind,
elegant zu gehen,
den Hafen erreichen,
in dem die Wasser,
harmonisch stehen.

Der gereichte Finger,
alleine nicht reicht,
sich daran festzuhalten,
jedem Sturm zum Trotz,
über alle Gezeiten,
Kraft dafür nicht reicht.

Alles mit Liebe versucht,
keinen Anklang findet,
Stimme verstummt,
wieder zu sich findend,
deren Melodie Klang,
nicht ins Innere findet.

Das Wasser ist trüb,
es verliert an Glanz,
keine Sonne mehr,
die sich darin spiegelt,
der schöne Lichtertanz,
sich nicht mehr findet.

Badewannen Blues

Das Sonnenlicht weicht,
Musik raunt durch das Bad,
der Badeschaum entweicht,
Abend in der Einsamkeit,
der ganze Körper spürbar,
aufgewärmt im lauen Licht,
das nasse Buch in der Hand,
es tropft etwas vor sich hin.

Kein Kerzenlicht zur Hand,
die Blicke wandern umher,
in die einsame Leere im Bad,
niemand, der in der Nähe ist,
nach meiner Hand greift,
für mich da zu sein scheint,
wenn man es fühlen vermag,
mit Liebe spürbar und zart.

Badeschaum in der Hand,
farbenfroh und wunderschön,
ein leichter Hauch von mir,
und die Träume schweben,
für einen kleinen Moment,
die sich elegant schwebend,
entspannt zur Ruhe legend,
letztendlich lösen werden.

Zu viel an Bedeutung,
die Träume und Wünsche,

die täglich in einem Leben,
es ist wohl zu viel verlangt,
und nicht mehr als Schaum,
getragen für einen Moment,
in der befeuchteten Hand,
die Wärme spendend ist.

Taktvoll kräftig

Die Augen im Moment leer,
Gedanken toben wie verrückt,
alles dreht sich stetig im Kreis,
das Herz pocht unentwegt,
Blut schießt durch alle Adern,
fließend im Körper entlang.

Taktvoll in einer Rhythmik,
individuell und keinem gleich,
der Takt, der als Augenschlag,
verborgen in der Brust verweilt,
geschützt liegend im Korb,
der uns nach außen schützt.

Harmonischer Herzschlag,
Leben unaufhörlich gebend,
das Leben, in dem wir stehen,
gedanklich geschürt, bewegt,
die Geschwindigkeit fortan,
unseren Rhythmus bestimmt.

Abgeschirmt von Zeit zu Zeit,
taktvoller Einklang von zwei,
Rhythmus gemeinsam findend,
für eine unbestimmte Zeit,
aneinander fortan schlagend,
im Einklang zueinander findend.

Aufeinander innig abgestimmt,
die Kraft von zwei starken Herzen,
miteinander das Leben reizen,
bereitgelegt für eine lange Zeit,
Abenteuer gilt es zu erleben,
gemeinsam taktvoll zu bestreiten.

Federkleid verblüht

Erfrischend der Balsam,
bis in die Tiefe eindringt,
sich eng ans Herz schmiegt,
in wohliger Liebe getränkt,
Gedanken fallen leise,
spielen fortan wild umher.

Wohliger Duft am Halse,
tief in die Nase eindringt,
wohliger, einzigartiger Geruch,
betörend die Sinne raubend,
Erinnerung erneut entflammt,
Hitze, keiner Flammen gleich.

Gemüt in Wallung regend,
der Verstand ist fokussiert,
betört ist alles in Regung,
die Gefühle zirkulieren,
drehen sich ständig im Kreis,
kein Ausweg ist zu sehen.

Die Akzeptanz ist der Weg,
das Besondere ist es wert,
erfahren, was das Leben ist,
die Perspektive unbestimmt,
das Federkleid, das man trägt,
allmählich verlässlich verblüht.

Ihr Wortspieler

Christopher N. Friedmann

Eigene Notizen